0,80

TOP!

D1092944

1961

TOP!

Helga Warmels

Callenbach

Top! is speciaal geschreven en getekend voor de Christelijke Kinderboekenmaand 2013. De Werkgroep Christelijke Kinderboeken organiseert ieder jaar de Christelijke Kinderboekenmaand. Dan is er een maand lang in boekhandels en op scholen extra aandacht voor kinderboeken. Schrijvers vertellen over hun werk, er zijn wedstrijden, er wordt voorgelezen en er is een speciaal actieboek en een actie-cd te koop.

Het thema van de Christelijke Kinderboekenmaand 2013 is:
Hé, doe je mee?

Wil je meer weten over de Christelijke Kinderboekenmaand?
Mail of schrijf naar:
Werkgroep Christelijke Kinderboeken
Postbus 291
3840 AG HARDERWIJK
info@bcbplein.nl

Of bezoek onze website: www.christelijkekinderboekenmaand.nl

© 2013 Uitgeverij Callenbach
www.uitgeverijcallenbach.nl

Omslagontwerp Martijn Cornelissen
Vormgeving Spaansenmedia
ISBN 978 90 266 0821 6
NUR 283

voor Ineke

Het vertrek

"Ben je er klaar voor?" Of hij zijn tanden heeft gepoetst, of hij naar de wc is geweest – dát bedoelt zijn vader, Jisse weet het wel. Maar ook al heeft hij zijn tanden gepoetst en ook al hoeft hij niet meer naar de wc, toch voelt hij zich in de verste verte niet klaar voor wat er gaat gebeuren.

"Alleen mijn schoenen nog aantrekken."

"Opschieten dan. Ik wil niet direct al een file in rijden."

Jisse zet zijn linkervoet op de trap en strikt zijn veter.

"Jisse?" Zijn moeder op de overloop, in haar ochtendjas, fluisterend. "O, wat ben ik blij dat jullie er nog zijn. Ik heb me helemaal verslapen, geloof ik. En dat juist vandaag..."

Ze loopt snel de trap af en drukt hem tegen zich aan. Om haar heen hangt de geur van slaap. Vlak bij zijn oor zegt ze hees: "Zet 'm op, hè, en probeer er ook een beetje van te genieten. Je gaat iets meemaken wat je de rest van je leven zal bijblijven."

Haar woorden rollen over zijn rug en geven hem rillingen van zijn nek tot aan zijn billen.

"Ja, dat dacht ik al," mompelt hij.

Een wee gevoel in zijn buik, iets tussen misselijkheid en buikpijn in. Een bedrieger, hij is gewoon een bedrieger, een oplichter. Snel trekt hij zijn tweede schoen aan. Misschien zakt het nare gevoel wel als ze eenmaal onderweg zijn.

Voordat hij de deur uit stapt, kijkt hij in de gang nog even in de spiegel. Hij is al bruin en zijn haar is veel blonder dan een paar maanden terug – komt vast doordat hij zo veel buiten is.

Op de oprit staat zijn vader aan de fietsen te sjorren. "Die waaien niet meer van het dak," zegt hij tevreden. "Ben je zover? Ligt je tas in de kofferbak? Zit je fietshelm erin? Mooi, dan kunnen we gaan. Je hoeft nu niet achterin, hoor, kom maar gewoon naast me zitten."

Zijn moeder steekt haar hoofd om de hoek. "Waarom heb je me niet wakker gemaakt, Rob?"

"Je lag zo lekker te slapen," zegt zijn vader. "En wij redden ons wel, hoor, met z'n tweeën. We hadden gisteravond toch al afscheid genomen?"

Zijn vader loopt naar de voordeur en geeft zijn moeder een kus.

Jisse stapt vlug in. Dat gezoen, dat hoeft hij niet zo nodig te zien.

Al snel stapt zijn vader ook in. Jisse laat het raampje van zijn portier zakken.

Zijn moeder leunt tegen de deurpost aan. Haar rare roodgeverfde haar staat rechtovereind. Ze gaapt. "Dag mam," roept hij als ze langzaam langsrijden.

Ze werpt hem een kushandje toe. "Dag lieve, lieve schat." Hij een lieve schat? Ze moest eens weten.

"We komen eraan"

Het gedoe is vorig jaar begonnen, op de dag dat zijn opa doodging en Jisse zelf elf jaar oud werd. Hij was ervan uitgegaan dat ze er niet zo veel aan zouden doen, aan zijn verjaardag.

Opa lag al een paar weken in het ziekenhuis en iedereen zei dat hij niet zo heel lang meer zou leven. Niet echt gezellig om dan een verjaardag te vieren – dat begreep Jisse zelf ook wel.

Maar zijn moeder en oma zeiden dat hun familie een beetje vrolijkheid juist goed kon gebruiken en dat ze zijn verjaardag daarom gewoon zouden vieren. Manuel zou er ook zijn. Hij en Jisse scheelden maar een paar maanden – Jisse was de oudste – en ze hadden altijd een klik gehad, alsof ze broers waren in plaats van neven.

Manuel en zijn ouders kwamen de avond voor zijn verjaardag aan op Schiphol. Jisse ging ze met zijn vader ophalen. "*Mi sobrino favorito!*" riep oom Alfonso zodra hij Jisse zag. Mijn favoriete neef. Hij roept het altijd als ze elkaar voor het eerst weer zien (hij heeft maar één neef).

Jisse was de dag erna jarig, op een zaterdag, dus niemand hoefde per se weg. Zijn zusje Tinka zou haar paardrijles voor een keertje overslaan.

Na het ontbijt reden ze naar het huis van opa en oma, waar Manuel en zijn ouders logeerden. Alleen oma zelf was er niet; die had bij opa in het ziekenhuis geslapen. En opa ook niet, maar dat was logisch.

Manuel en Jisse liepen naar de bakker en toen ze terugkwamen, was de huiskamer versierd met vlaggetjes en ballonnen. Er werd voor Jisse gezongen (*Cumpleaños feliz*, het Spaanse *Happy birthday*) en ze aten taart – en eigenlijk was het best gezellig.

Tot de telefoon ging.

Tante Lisa nam op. Ze noemde niet eens haar naam, zei alleen: "Ja?" En na een korte stilte: "Ma? Het is oké, we komen eraan."

Onderweg, in de auto, vertelde zijn vader dat opa was overleden, maar dat had Jisse natuurlijk allang door. Hij vond het wel spannend; hij had nooit eerder een dode gezien. Wel op televisie natuurlijk, in films, maar niet in het echt.

Opa lag alleen in een kamertje ergens op de tweede verdieping van het ziekenhuis. Zijn lichaam voelde gewoon warm aan.

"Kijk nou," fluisterde zijn moeder. "Jisse aait pa's arm."
"Ach, die arme jongen toch," zei tante Lisa met een snik in haar stem.

Snel trok Jisse zijn hand terug. Het leek hem geen goed moment om te vragen wanneer een lijk precies koud en stijf wordt.

Tinka begon te huilen, maar dat was niet echt een verrassing, want zij huilt al als de poes een muis vangt of
als er een speelafspraakje niet doorgaat. "Je zusje is nog
maar zes, Jisse, houd daar eens rekening mee," zei zijn
moeder af en toe – maar toen hij zes jaar oud was, had
hij toch ook niet om elke scheet lopen snotteren?
"Wil jij opa's arm ook even aanraken, Tinka?" vroeg
hun moeder.
Maar dat wilde ze niet, dat vond ze eng.
Ze bleven nog een tijdje in het ziekenhuis. Manuel en
Jisse hingen wat rond in de hal beneden en probeerden de vissen in het grote aquarium te tellen. Het was
bijna gelukt toen ze werden weggestuurd door een
vrouw in een witte jas die beweerde dat zij de vissen
bang maakten.

Gelukkig gingen ze toen snel naar het huis van opa
en oma toe, dat nu dus het huis van alleen oma was
geworden. Opa zou ook komen, zei zijn moeder. Jisse
vroeg zich af hoe dat dan ging.
"Wachten we niet op opa?" vroeg hij toen zijn vader
van de parkeerplaats af reed. Maar dat bleek niet te
hoeven; opa zou door een lijkwagen naar huis worden
gebracht.
Jisse verwachtte niet dat iemand nog aan zijn verjaardag zou denken, maar dat viel mee. Hij mocht zijn ca-
deautjes uitpakken en ze aten broodjes knakworst met
mosterd die zo scherp was dat je het in je neus voelde

branden. Jisse probeerde de straat in de gaten te houden om te zien of de lijkwagen er al aankwam, maar dat was best lastig omdat zijn moeder om de haverklap riep dat hij recht moest gaan zitten.

Na de broodjes met knakworst stelde Jisses vader voor met z'n vieren naar de bioscoop te gaan: Manuel, Tinka, Jisse en hijzelf.

"Is dat niet raar?" vroeg Manuel.

"Wat?" vroeg zijn vader.

"Om nu naar de bioscoop te gaan," zei Manuel. "Opa is net overleden."

"Daarom juist," zei Jisses vader. "Als wij in de bioscoop zitten, kunnen oma en jouw moeder en tante Marieke van alles gaan regelen voor de begrafenis. Anders lopen we toch maar in de weg."

De film ging over een jongen die geen ouders meer had en die stiekem op een treinstation in Parijs woonde. Het lukte Jisse niet goed zijn gedachten erbij te houden; hij moest de hele tijd denken aan de lijkwagen die misschien wel nu bij oma voor de deur stond.

Of nú.

Of nú.

Tinka moest huilen om de film.

Op de terugweg haalden ze voor iedereen een vette hap. Jisses moeder pakte de tassen van de snackbar aan en zei dat opa in het naaikamertje van oma lag. Na het eten mochten ze wel even bij hem gaan kijken.

Maar eerst gingen ze aan tafel. Tante Lisa roerde met een patatje door de mayonaise, keek Jisse aan en zei: "Op zo'n dag heb je gewoon helemaal geen trek, hè."
Jisse had ook niet echt honger, maar hij wist niet of het aan de dag lag of aan de bak popcorn die hij tijdens de film naar binnen had zitten werken.
De stoel van opa bleef leeg.
Eigenlijk was hij helemaal niet zo verdrietig, dacht Jisse terwijl hij in de keuken een glas water voor zichzelf inschonk. Hij was wel echt verdrietig geweest, maar dat was al een paar weken geleden, toen zijn moeder hem had verteld dat opa niet meer beter zou worden. En misschien was hij nu ook wel verdrietig, een beetje, maar in zijn lijf was ruimte genoeg voor dat verdriet; het hoefde in elk geval niet zijn hoofd uit te druppelen. Met oma zou het anders zijn. Als oma stierf... Hij wilde er niet eens aan denken.
Toen iedereen klaar was met eten, liep Jisse met zijn moeder naar boven; Manuel en Tinka gingen liever nog even televisiekijken.
Opa bleek met een jasje en een overhemd aan in het logeerbed te zijn gelegd. Zo raar. Alsof hij opeens in zijn eigen huis kwam logeren. En wie ligt er nou met kleren aan in bed? Niemand toch? Opa dróeg niet eens van die nette kleren; een spijkerbroek en een overhemd, dát had hij meestal aan.
Zijn moeder deed alsof het allemaal de normaalste

zaak van de wereld was. "Opa ligt er netjes bij, hè," zei ze met een diepe zucht, en toen ging ze de stofzuiger halen, want het moest wel schoon zijn, vond ze.

Opeens realiseerde Jisse zich dat hij in zijn uppie in het naaikamertje stond en dat dit zijn kans was als hij het echt wilde weten.

Zou hij het durven?

Opa's handen lagen in elkaar gevouwen op zijn buik. Hij had zijn ring nog om. Zouden ze die niet van zijn vinger halen voor ze hem onder de grond stopten?

Jisse keek over zijn schouder naar de overloop. Niemand te zien. Snel deed hij een stap naar het bed toe en raakte hij een van opa's handen aan.

Ja, nu was hij wel koud. Koud en stijf.

De straat uit

"Daar gaan we dan," zegt de vader van Jisse.
Jisse zwaait nog één keer naar zijn moeder en drukt dan op het knopje om het raam weer dicht te doen; het is nog best koud zo vroeg in de ochtend. Ze rijden hun straat uit, langs de snackbar, de bioscoop en de bakker. Opeens begint er iets te piepen; op het dashboard knippert een lampje.
"Volgens mij heb jij je gordel niet om."
Jisse trekt de gordel voor zich langs en probeert hem vast te klikken. Zijn vader zet de auto stil aan de kant van de weg. "Lukt het?"

Klik. Ja dus.
"De komende dagen draaien om jou en mij," zegt zijn vader terwijl hij de weg weer op rijdt. "Geen vrouw in de buurt, gewoon mannen onder elkaar."
Jisse gaapt.
"Nou, volgens mij ben jij nog niet helemaal wakker. Radio?"
Jisse knikt.
Op de radio is er iets over een minister die iets verkeerd heeft gedaan. Snel zoekt Jisse een leuke zender op, een muziekzender.
Daar gaan ze dan.

"En nu wil Jisse..."

D e begrafenis was op donderdag. Jisse moest van
zijn moeder per se een overhemd en een net jasje aan, ook al was het eigenlijk al te warm voor lange
mouwen. Tinka legde een zelfgemaakte tekening bij
opa in de kist en Manuel en Jisse hielpen het deksel vast
te schroeven. De kerk zat helemaal vol – Jisse wist niet
eens dat opa zo veel mensen kende.

Na de dienst liepen ze achter de lijkwagen aan naar de
begraafplaats. Jisses vader had verteld dat iemand van
de begrafenisonderneming de kist met een liftje in het
gat in de grond zou laten zakken, maar iedereen liep al
weg terwijl de kist er nog gewoon stond. Het liefst was
Jisse gebleven om het te zien, het zakken van de kist,
maar zijn vader zei dat hij moest meekomen.

Ze gingen een gebouwtje binnen waar op een tafeltje
een opengeslagen schrift lag. Ernaast stond een foto van
opa voor zijn schuurtje. De familie ging in een zaaltje op
een rij staan en toen kwam bijna iedereen een hand geven. Sommige mensen gaven Jisse ook een hand. "Ge-
condoleerd met je opa, hè jongen."

Toen er eindelijk geen handen meer waren om te
schudden, reden ze terug naar oma's huis. Manuel en
Jisse ploften neer op de grote bank. Op de televisie begon net het journaal. Ergens op het eind was er iets over

een fietstocht in de Alpen. En toen flapte hij het eruit.

Hij zei: "Lijkt me gaaf, zeg, om daaraan mee te doen."

Tante Lisa, die op de kleine bank zat, veerde op. Met haar handen voor haar mond geslagen riep ze: "Mam, mam, hoorde u dat?"

Oma kwam net met een dienblad vol kopjes de keuken uit. "Nee, wat dan?"

"Jisse zegt dat hij wil meedoen aan de Alpe d'HuZes."

Hij? Meedoen aan de wát? Maar dát had hij toch helemaal niet gezegd?

"O?" zei oma, terwijl ze het dienblad op de salontafel zette. "Wat is dat dan voor iets?"

"Dan fietsen mensen een paar keer achter elkaar de Alpe d'Huez op om geld in te zamelen voor onderzoek naar kanker."

17

Geld inzamelen? Onderzoek naar kanker? Hij wist van niks.

"De Alpe d'Huez?" herhaalde oma. "Wat is dat?"

"Een berg in Frankrijk, in het zuidoosten, in de Alpen," antwoordde tante Lisa. "Zes keer fietsen die mensen toch omhoog? Ja, logisch, het heet niet voor niks de Alpe d'HuZés, hè. Maar volgens mij mag je ook wel minder vaak." Tante Lisa wapperde met haar rechterhand heel dicht bij haar gezicht en knipperde overdreven vaak met haar ogen. "En nu wil Jisse... Nu wil Jisse ter nagedachtenis van..."

Ze pakte een papieren zakdoekje en verborg haar gezicht erin. "O, wat een lieverd is het toch, dat neefje van mij," piepte ze nadat ze haar neus had gesnoten, en ze woelde even door zijn haar.

Oma had vochtige ogen gekregen tijdens de uitleg van tante Lisa en kwam nu met uitgestrekte armen op hem af. "Och Jisse, dat betekent... heel veel voor mij."

En toen omhelsde ze hem en begon ze zomaar te huilen. Zo raar: stond hij opeens zijn oma te troosten. Hij aaide haar over haar grijze krullen en klopte een beetje op haar rug, maar eigenlijk had hij geen flauw idee of hij het wel goed deed.

Wat hij wel zeker wist: dit was geen geschikt moment om uit te leggen dat hij het helemaal niet zo bedoeld had, dat het hem gewoon gaaf leek in de Alpen te wielrennen, dat hij helemaal niks wist van kankeronderzoek en dat hij zelf al helemaal geen geld wilde gaan inzamelen – al dat gedoe, daar hield hij helemaal niet van. Hij zou het later wel tegen zijn moeder zeggen. Die zou de boodschap dan wel doorgeven aan oma en tante Lisa.

Tot overmaat van ramp sloeg tante Lisa ook nog haar armen om oma en hem heen en toen stonden ze opeens verstrengeld in een groepsknuffel. Omdat hij het Spaans benauwd kreeg van dat kleffe gedoe, wurmde Jisse zich los en vluchtte hij met Manuel de achtertuin in, waar ze samen net zo lang steentjes in de sloot gooiden tot het eindelijk tijd was om naar huis te gaan.

Stil

"Wat ben je stil."

Ze rijden achter een vrachtwagen uit Polen, een Scania.

"Je bent nu wel wakker, toch?"

Even voelt Jisse dat zijn vader naar hem kijkt, maar al snel let hij gelukkig weer op de weg. Hij zet de richtingaanwijzer uit, verandert van baan en begint de vrachtwagen uit Polen in te halen.

Jisse kijkt op het schermpje van het navigatiesysteem. Ruim duizend kilometer nog.

"Is er soms iets?"

Hoe zou zijn vader reageren als hij vertelde wat hem dwarszat? Zou hij boos worden? Zou hij roepen dat hij daar nu wel een beetje laat mee kwam? En zou hij dan nog doorrijden naar Frankrijk?

"Ik ben moe."

"Nog steeds?" vraagt zijn vader. "Heb je soms niet goed geslapen?"

"Niet zo heel goed, nee."

Zijn vader begint te lachen. "Dat snap ik wel, hoor. Door de zenuwen waarschijnlijk. Het is ook nogal wat allemaal. Nou ja, gelukkig hebben we morgen een rustdag. We gaan pas overmorgen fietsen, hè. Waarom zet je je rugleuning niet een beetje naar achteren? Wie weet

zak je nog even weg. Die ronde knop, ja, voel je 'm?"
Doen alsof hij slaapt, wat een handige manier om lastige vragen te vermijden. Jisse laat zich achterover zakken en doet zijn ogen dicht.

"Ik versta Brommiaans"

Opa was geen aardige man. Hij zat bijna altijd in zijn eentje in de schuur en als hij al binnen was, zei hij weinig. Meestal bromde hij alleen maar een beetje.

Oma: "'t Is niks warm vandaag, hè. Valt het nog wel een beetje uit te houden in de schuur?"

Opa: gebrom.

Oma: "Nou, een lekker bakkie koffie dan maar?"

Opa: gebrom.

Oma wist precies wat opa bedoelde met zijn gebrom, ook als het wat minder voor de hand lag.

Oma: "Moet je horen wie ik tegenkwam bij de bakker: Cora. Weet je wat ze vertelde? Dat Arie in het ziekenhuis ligt. Ik ga vanmiddag wel even langs met een bloemetje."

Opa: gebrom.

En dan bedoelde hij dat hij niet meeging naar het ziekenhuis, maar dat zij Arie wel beterschap moest wensen van hem en dat ze beter een fles jenever kon kopen, omdat Arie helemaal niet van bloemen hield maar wel van een lekkere borrel – en oma begreep dat dus. Nou ja, misschien niet alles, maar wel veel.

Jisse was vaak bang geweest voor opa. Voor zijn helblauwe ogen met de borstelige wenkbrauwen erboven, maar vooral voor zijn zwijgen. Misschien zei hij zo weinig omdat hij te druk was met denken. Maar waar dacht hij dan de hele dag aan? Prettige gedachten konden het nooit zijn, daarvoor keek opa te nors.

Een keer had Jisse aan oma gevraagd hoe ze dat deed, opa begrijpen.

"Ik hoor gewoon wat hij bedoelt."

In Jisses oren klonk al het gebrom hetzelfde, maar volgens oma waren er veel verschillende brommen: hoge en lage, harde en zachte, korte en lange.

"Ik versta Brommiaans, maar ik kan het zelf niet spreken," zei ze met een knipoog.

Jisse had ook wel leuke herinneringen aan opa, een paar. Opa stopte Tinka en hem weleens een euro in de hand als ze naar huis toe gingen.

"Dank u wel, opa," zeiden ze dan, want dat werd op zo'n moment van hen verwacht.

Waarop opa natuurlijk een beetje bromde.

Wat die brom betekende, dát wist Jisse wel: niks tegen oma zeggen, niet aan je ouders laten zien en thuis direct in je spaarpot stoppen.

Alsof hij slaapt

Jisse ligt met zijn ogen dicht achterover te doen alsof hij slaapt. Dat is nog best lastig. Hij hoort:

- een leuk nummer op de radio
- gehoest
- dat zijn vader een andere zender opzoekt (nee hè, niet weer dat saaie nieuws)
- een ambulance die langsrijdt (of is het een politieauto?)
- een reportage op de radio over een of andere Europese top
- zijn vader die nog een keer hoest
- de sirene van een politieauto (of is dít nu de ambulance?)
- een hoestbui
- een klik van het dashboardkastje dat open wordt gemaakt
- het kraken van een zakje (een dropzakje?)
- een klik van het dashboardkastje dat dicht wordt geduwd
- gesmak (ja, zijn vader heeft drop – hij wil ook een dropje!)
- een interview met een politicus over Europese regelgeving (sááí!)
- een laag overvliegende helikopter

- filemeldingen op de radio (op de A27 is een ongeluk gebeurd; rijden zij op de A27?)
- een klik van het dashboardkastje (neemt zijn vader nu nog een dropje?)
- gekraak (als hij maar niet het hele zakje in zijn eentje leeg eet)
- een klik van het dashboardkastje dat dicht wordt geduwd.

"Sorry hoor"

Hij heeft het heus wel geprobeerd, op de dag van de begrafenis al, toen zijn moeder 's avonds op de rand van zijn bed kwam zitten. "Mam, even nog over die Alpendinges..."

"Ja, de Alpe d'HuZes, daar wilde ik ook nog even over praten met je. Ik eerst, daarna mag jij."

Zijn moeder keek hem aan met een ernstige, bijna strenge blik in haar ogen. Hij dacht: oké, ze vindt het een slecht plan, ik mág niet eens meedoen van haar, veel te gevaarlijk natuurlijk.

Maar ze zei: "Je hebt me zó geraakt vandaag. Ik heb me de afgelopen week weleens afgevraagd waar je gevoel zat. Of je het überhaupt wel had. Ik bedoel, je hoefde helemaal niet te huilen of zo, en het was toch je opa, hè. Maar ik heb me zó in jou vergist. Jij gaat gewoon op een andere manier met je gevoelens om. Sorry hoor, dat ik dat niet meteen zag."

Ze wapperde met haar hand bij haar gezicht. Wat leek ze toch op tante Lisa.

"Je bent gewoon... Je bent gewoon echt een jongen, echt een mán. Jij zet je verdriet om in energie en gaat dan tegen een berg op fietsen."

Ze legde haar wapperhand op zijn wang en zei met een

trilling in haar stem: "Ik ben nog nooit zó trots op je geweest."

Tranen over haar wangen.

Tja, en toen durfde hij het al helemaal niet meer te zeggen natuurlijk.

"En waarover wilde jij het hebben, lieverd?"

"Ik? Ik eh... Nergens over. Hoe hoog is die berg eigenlijk?"

Zijn moeder schudde haar hoofd. "Geen idee. Dat zoeken we morgen wel even op. En maak je over dat sponsorbedrag maar geen zorgen. Jij hoeft alleen maar te trainen, ik ga wel achter sponsors aan."

Hij had zichzelf nog nooit zó'n sukkel gevoeld.

Koffie en choco

"Hé, word eens wakker."
Wat? Waar is hij? Wat doet hij hier?
O ja, in de auto met zijn vader, op weg naar Frankrijk.
Wanneer Jisse de stoel rechtop zet, rijden ze net een parkeerplaats op.
"Zeg slaapkop, ik ben wel toe aan een kop koffie," zegt zijn vader lachend terwijl hij de auto naast een camper parkeert. "Ga je mee?"
Mee waarnaartoe?
Jisses vader stapt uit en slaat het portier achter zich dicht. Omdat Jisse niet in zijn eentje in de auto wil achterblijven, stapt hij ook snel uit. De fietsen staan nog steeds op het dak, die zijn niet weggewaaid. Slaperig loopt hij achter zijn vader aan, over de parkeerplaats, naar het pompstation.
"Denk jij nog weleens aan opa?" vraagt hij na de eerste slok van zijn chocolademelk.
Zijn vader kijkt hem indringend aan van achter zijn kartonnen bekertje met koffie.
"Niet echt," zegt hij na een paar seconden. "Nu wel natuurlijk, met die Alpe d'HuZes. Maar niet echt aan opa zelf. Opa was mijn vader ook niet, hè, hij was mama's vader. Ik denk dat het voor je moeder anders is."

"Afgelopen!"

Manuel bleef na de begrafenis nog een paar dagen met zijn ouders in Nederland. De laatste nacht logeerde hij niet bij oma, maar bij Jisse.

Na het avondeten verstopten Jisse en Manuel zich met twee supersoakers in het steegje naast het huis en spoten ze fietsende voorbijgangers nat. Het was al aan het schemeren toen Jisses moeder hen naar binnen riep. Ze was een beetje aan het mopperen – het klonk alsof er iemand over hen had lopen klagen.

Jisse en Manuel poetsten hun tanden en hielden een kussengevecht op leven en dood totdat Jisses vader keihard op de deur bonsde en riep dat Tinka niet kon slapen met al die herrie.

Toen het kraken van de trap ophield, vroeg Manuel zachtjes of Jisse het echt ging doen.

"Wat?"

"Tegen die kankerberg op fietsen."

Keihard gelach (van Jisse).

Gebons op de muur (van Tinka).

Gestamp op de trap (van hun vader).

De deur zwaaide open, de vader van Jisse riep "Is het nou afgelopen!" en de deur ging met een klap weer dicht.

Gekraak op de trap.

Stilte.

Manuel, fluisterend: "Waarom moest je nou zo lachen?"
Jisse: "Omdat je kankerberg zei."
"Wat zei ik verkeerd? Waarom is dat grappig?"
Hoe goed zijn Nederlands ook was, aan kleine dinge-
tjes merkte je soms wel dat Manuel niet in Nederland
woonde. Jisse legde uit dat kanker in Nederland soms
als scheldwoord wordt gebruikt.
"Echt waar? Raar, zeg. Wij schelden met heel andere
woorden."
Geen grapje, verzekerde Jisse zijn neef. "Hoe schelden
jullie dan?"
En toen zei Manuel in het Spaans een paar woorden die
Jisse graag had onthouden.
"Maar ga je het nou doen of niet?" vroeg Manuel na een
korte stilte.

"Wat? Tegen de Alpe d'Huez op fietsen? Nou, ik was het
eigenlijk niet van plan."
"Waarom niet? Jij hebt toch een racefiets?"
"Jawel, maar dan hoef ik toch nog niet in Frankrijk tegen bergen op te gaan fietsen?"
"Maar je zei dat het je gaaf leek."
"Ja, dat leek het me ook, maar toen wist ik nog niet dat
het een inzamelingsactie was." Jisse wilde het woord
kanker niet weer hardop zeggen – of eigenlijk zachtop,
want ze probeerden nog steeds te fluisteren. "Zou jij
daar dan zin in hebben, in al dat gedoe?"
"*Chico*, ik houd niet eens van fietsen."

O nee, dat was waar ook. "Héb je eigenlijk wel een fiets?"
"Ik niet, mijn moeder heeft er eentje, zo'n opoefiets. Ik
loop altijd naar school. Je trapt je helemaal..."
Hij zocht naar een woord.
"Móe. Je trapt je helemaal moe met die hoogteverschil-
len bij ons."
"Denk je dat je moeder nu echt verwacht dat ik aan de
Alpe d'HuZes ga meedoen?"
Manuel dacht van niet. "Ze roept wel vaker wat. Ik zou
me er niet druk om maken als ik jou was."
Opeens ging de deur open. Tinka, in haar nachthemd
met haar knuffelpaard onder haar arm, boos. "Als jullie
nu niet stil zijn, ga ik het beneden vertellen, hoor, dat
jullie nog steeds liggen te kletsen."

En weg was ze weer, zo snel dat Jisse niet haar raakte
met zijn kussen, maar de deur die ze achter zich had
dichtgetrokken.
Plof.
"Zou zíj het soms aan je moeder hebben verteld dat wij
mensen nat spoten?" vroeg Manuel.
"Vast wel, ze is zó'n irritante klikspaan," zei Jisse. "Hoe
noem je zo iemand eigenlijk in het Spaans, een klikspaan?"
"*Una chismosa?*"
"Hm, Tinka *es una chismosa.*"
"*Muy bien,*" lachte Manuel. Erg goed. "*Buenas noches*
dan maar, hè."
"Ja, jij ook slaap lekker."

Anders aardig

Even later, wanneer ze weer in de auto zitten, vraagt Jisse: "Vond jij opa eigenlijk aardig?"
Stilte.
Jisse kijkt opzij. Zijn vader staart nadenkend voor zich uit, allebei zijn handen aan het stuur. Na een tijdje zegt hij: "Aardig, aardig... Dat is zo'n groot woord, hè. Niet aardig in de zin van gezellig en hartelijk en belangstellend, nee."
"Maar dus wel aardig op een andere manier?" vraagt Jisse.
"Ja, toch wel, ja. Hij maakte vroeger altijd van alles voor iedereen. Dat is ook een manier om aardig te zijn."
"Hij heeft mijn bed toch gemaakt?" vraagt Jisse. "En dat van Tinka ook?"
"O ja, en nog heel veel andere dingen."
"Het konijnenhok," zegt Jisse.
"Het hobbelpaard dat nu op zolder staat," zegt zijn vader. "En het speelhuisje achter in de tuin. Hij was zó handig. Wat zijn ogen zagen, konden zijn handen maken. Vroeger tenminste."
"Waarom is hij er eigenlijk mee gestopt?" vraagt Jisse.
"Hij raakte zijn baan kwijt. Volgens mij toen jij net naar school ging. Hij is daar nooit goed bovenop gekomen."
Even is het stil in de auto, voor zover het in een rijdende

auto stil kan zijn. De radio is na de stop bij het benzine-station niet meer aangezet.

"Maar jij vond opa dus niet aardig, begrijp ik uit je vraag."

Jisse zucht. "Zoiets hoor je eigenlijk niet te zeggen, hè."

Zijn vader begint te lachen. "Nee, dat is niet zo aardig, nee."

En dan weer serieus: "Tegen mij kan het wel."

"Het voelt een beetje raar om nu voor opa die tocht te gaan rijden, terwijl ik hem helemaal niet aardig vond," zegt Jisse.

"Een beetje raar?"

"Ja, hoe noem je dat?"

"Huichelachtig?" vraagt zijn vader. "Bedoel je dat soms?"

"Alsof ik niet helemaal eerlijk ben," zegt Jisse. "Is dat hui-chelachtig?"

Zijn vader knikt. "Maar daar hoef je toch niet zo over te lopen piekeren? Of opa nu aardig was of niet, hij hoorde er gewoon bij, bij de familie. En nu stoppen met dat ge-tob, hoor, of zit je nog ergens mee?"

Jisse schudt zijn hoofd. "Ik verveel me gewoon."

"Het duurt nog wel even voor we er zijn, hoor," zegt zijn vader.

"Weet ik."

"Zullen we een spelletje doen?"

"Wat voor spelletje?" vraagt Jisse.

"Héél gezellig!"

Manuel en zijn ouders vlogen terug naar Spanje en langzaam werd alles weer zoals vroeger, met als enige verschil dat opa er niet meer was, ook niet in zijn schuurtje. Over fietsen in Frankrijk had niemand het meer en langzaam maar zeker durfde Jisse te gaan geloven dat Manuel gelijk zou krijgen en iedereen de Alpe d'HuZes zou vergeten.

Op school veranderde er al helemaal niks, behalve dat ze na de zomervakantie allemaal in groep 8 zaten en eens in de twee weken filosofie kregen. Het leek Jisse een nogal nutteloos vak; de meester had gezegd dat je met filosoferen nadenkt over vragen waarop eigenlijk niet echt een antwoord bestaat – maar waarom zou je dan al die moeite doen?

De filosofielessen werden niet door hun eigen meester gegeven, maar door juf Fabien. Alles aan juf Fabien was heel: ze was héél klein (voor een volwassene dan), héél blond, ze droeg een bril met een héél dik en héél donker montuur en ze zei ook nog eens héél vaak dat ze het héél gezellig vond bij hen in de klas.

O ja, ze was ook nog héél lui, want al tijdens de eerste les moest de klas zelf een vraag verzinnen om over te filosoferen.

"Moeten we opschrijven wat je zegt?" vroeg Wouter.

"Krijgen we een cijfer voor dit vak?" wilde Joëlle weten.

"Wanneer is het pauze?" vroeg Owen.

Juf Fabien bleef kalm (héél kalm) en stelde dat zulke vragen niet echt geschikt waren, omdat je er niet lang over hoefde na te denken. Ze liep naar het bureau van de meester, typte wat en op het digibord verscheen:

MAAKT EEN VALLENDE BOOM GELUID ALS ER NIEMAND IN DE BUURT IS?

"Natuurlijk wel," riep Owen meteen.

"Geluiden zijn eigenlijk trillingen," zei Faisal. "Als er niemand is om die trillingen op te vangen, is er geen geluid. Geluid is pas geluid als iemand het hoort."

"Misschien vangen bomen trillingen op met hun takken," zei Marijn.

Maar Owen vond dat onzin. "Bomen hebben toch geen oren?"

"Lijkt me lastig om te onderzoeken of een vallende boom geluid maakt als er niemand bij mag zijn," zei Babette.

Jisse keek opzij. Daar zat ze, helemaal bij het raam: Babette, met haar donkere ogen en haar kastanjebruine haar tot aan haar middel. Het mooiste meisje van de klas.

"Dan neem je het geluid toch op als er een boom valt?" riep Natan. "Met een mobieltje of zo."

"Maar dan is er toch een soort van iemand bij," vond Kim. "In de vorm van een mobieltje."

"Maar je kunt toch nooit weten welke boom er gaat vallen?" zei Judith. "Hoe weet je dan waar je je mobieltje moet neerleggen?"

"Misschien valt er dan net een boom die besloten heeft geen geluid te maken," zei Babette.

De klas begon te lachen, maar juf Fabien zei dat het helemaal geen rare opmerking was.

"Kunnen bomen wel iets besluiten?" vroeg Jisse zich hardop af.

"Wel als ze kunnen denken," zei Nick.

"Maar bomen kúnnen niet denken," riep Owen. "Luister nou toch naar me! Ze hebben geen hersenen, alleen maar hout. Als je allemaal zaagsel in je hoofd doet, kun jij toch ook niet meer denken?"

"Wie weet ontdekken we op een dag dat je met hout ook kunt denken," zei Babette.

"Já, dan gaan we allemaal hout eten!" lachte Gillian.

"In vis zit een stofje waar je goed van kunt denken," zei Willeke. "Misschien zit er in hout ook wel zo'n stofje."

"Misschien kunnen bomen wel denken, maar hebben ze afgesproken dat nooit te laten merken," zei Babette.

"Als ze kunnen denken, doen ze dat vast niet met hun takken, maar met hun wortels," zei Jisse.

"Volgens mij moet je echt hersens hebben om te kunnen denken," hield Owen vol.

Juf Fabien zei dat ze heel goed meededen en dat het niet uitmaakte dat ze nog steeds geen antwoord hadden op de vraag. "Nu wil ik dat jullie allemaal een briefje nemen en daarop een vraag schrijven waarover je heel lang kunt nadenken," zei juf Fabien. Wie een vraag had bedacht, moest zijn briefje inleveren.

Jisse schreef op: heeft het zin te vechten tegen de dood? Juf Fabien las elk ingeleverd briefje en typte een rijtje.

- KAN ER EEN WERELD ZONDER BOMEN BESTAAN?
- HOE GROOT IS HET HEELAL?
- HEEFT HET ZIN TE VECHTEN TEGEN DE DOOD?

"De tijd is helaas alweer op," zei juf Fabien. "Heel jammer, ja. Jullie hebben interessante vragen verzonnen. Ik hoop dat we de volgende les over een van de vragen op het bord kunnen gaan filosoferen. Voor deze les wil ik jullie hartelijk bedanken. Jullie hebben goed meegedaan en ik vond het héél gezellig bij jullie in de klas. Tot over twee weken!"

"Tot over twee héle weken!" riep Faisal.

Spelletje

Een spelletje. Om de beurt noemen Jisse en zijn vader een woord dat met een sport te maken heeft. Met de beginletters gaan ze het alfabet af.

"Aftrap," zegt Jisse.

"Bal," zegt zijn vader.

Dan dringt tot Jisse door dat hij zijn vader beter had kunnen laten beginnen; nu zit hij met de c opgescheept. "Er zijn helemaal geen sportwoorden die met een c beginnen."

Volgens zijn vader zijn die er wel. "Een sport uit Zuid-Amerika? Iets tussen vechten en dansen in?"

"O ja, hoe heet dat ook alweer? Ruben zit erop. Dat bedoel je toch? Ja, ik weet het weer: capoeira."

"Zie je wel?" lacht zijn vader.

"Jouw beurt."

"Dan," zegt zijn vader.

"Dan?" herhaalt Jisse. "Dan wát?"

"Komt uit de vechtsporten," legt zijn vader uit. "Het zijn graden, net zoals de gele band, de oranje band, maar dan hoger: eerste dan, tweede dan..."

"Dan ben ik," zegt Jisse, en hij geeft zijn vader een stomp op zijn bovenarm. De e is natuurlijk een makkie. "Elftal."

De q, de x en de y slaan ze over. Wanneer ze de z hebben

gehad, zijn ze al bijna in Luxemburg.

"Ik begin honger te krijgen," zegt Jisse.

"Ik zoek zo meteen een parkeerplek op," zegt zijn vader. "Dan kunnen we wat eten. Maar eerst even de grens over."

"Voor jou!"

Op een dag stond er opeens een spiksplinternieuwe racefiets in de schuur.

"En? Wat vind je ervan?" vroeg zijn moeder zodra Jisse een voet over de drempel van de keuken zette.

"Van die fiets in de schuur? Ja, mooi, ja. Voor wie is die?"

Zijn moeder klapte in haar handen. "Haha, maak je nou een grapje? Voor jóu natuurlijk!"

"Eh... ik heb toch al een racefiets?"

"Ja, maar we laten jou écht niet op die rammelbak de Alpe d'Huez op fietsen, hoor. Wat denk jij nou?"

De Alpe d'Huez? Zei ze nou echt: de Alpe d'Huez? De hele zomer was niemand er meer over begonnen en nu de vakantie voorbij was, had hij niet verwacht dat het onderwerp nog ter sprake zou komen. Hij had gehoopt dat het hele plan als een wolk ongemerkt tot voorbij de horizon zou zijn weggedreven.

Niet dus.

We laten jou niet op die rammelbak de Alpe d'Huez op fietsen.

Niet op die rammelbak.

De Alpe d'Huez op.

"Wat sta je daar nou? Kom, we drinken wat en daarna moet jij maar eens uitproberen hoe je nieuwe fiets rijdt. Neem jij de snoeptrommel mee?"

In de huiskamer zat Tinka met een boos gezicht aan tafel. "Hij krijgt zomaar een nieuwe fiets en hij is niet eens jarig."

"Klopt, schat, Jisse is net jarig geweest, hè," zei hun moeder terwijl ze een glas limonade voor Tinka neerzette. "Maar hij heeft gewoon een nieuwe fiets nodig als hij aan de Alpe d'HuZes gaat meedoen. Hij kan moeilijk wachten tot zijn volgende verjaardag, hè. Dat duurt nog veel te lang. Hij moet nu al gaan trainen."

Tinka mokte gewoon verder. "Dan wil ik ook aan de Alpe du Dinges meedoen."

"Maar lieverd, je hóudt niet eens van fietsen. Jisse wel. Dat is anders. Jij hebt weer je eigen sport. Jij bent pas nog lekker een weekend op paardrijkamp geweest, toch? Dat heeft Jisse weer niet."

Het was waar: Jisse zat vaak op de racefiets, op de rammelbak zoals zijn moeder die noemde. Maar tijdens díe ritten zat er nooit een dode opa op zijn rug.

Hij wilde het niet. Hij wilde het gewoon niet.

Als hij nou heel erg dik met opa was geweest. Maar hij was niet dik geweest met opa, hij had hem een mopperpot gevonden.

"Mam?" begon Jisse.

Het lag op het puntje van zijn tong. Bijna zei hij het. Dat hij het nooit echt had gewild. Dat hij zich helemaal niet meer met opa wilde bezighouden – en al helemaal niet op zo'n manier.

"Ja, Jisse, wat wil je zeggen?"

Maar toen had hij een helder moment. Stel je voor dat hij de nieuwe racefiets niet mocht houden als hij de Alpe d'HuZes niet reed. Stel je voor dat zijn moeder de fiets direct zou terugbrengen naar de winkel.

"Hoeveel versnellingen heeft die fiets eigenlijk?" vroeg hij.

Zijn moeder schudde haar hoofd. "Weet niet. Stuk of vijftien, geloof ik, misschien meer."

Jisse klokte zijn limonade weg en bukte om zijn broekspijpen in zijn sokken te stoppen, zodat die niet tegen de fietsketting zouden komen. "Doeg mam, ik ga even testen hoe hard-ie kan." En hij gaf haar in het voorbijgaan een knuffel.

"Dag schat," lachte zijn moeder. "Zorg je er wel voor dat je op tijd bent voor het eten?"

Jisse sjeesde direct naar Ruben. Die bleek meer oog te hebben voor de nieuwe fiets dan voor het probleem.

"Wat een *bike*, man. Hoe hard gaat-ie?"

"Weet niet. Niet op gelet net."

"Maar er zit toch een kilometerteller op?"

"Eh ja, ik geloof van wel."

"Maar je was toch al jarig geweest? Had je nog geen cadeau gehad of zo?"

"Ik leg het net uit allemaal. Wat is er met jou? Heb je soms poep in je oren?"

Maar Ruben luisterde niet, hij keek alleen maar naar de

glimmende nieuwe racefiets met 21 versnellingen. "Wat een ding, zeg. Mag ik ook een stukkie?"

"Straks. Eerst even luisteren."

Jisse legde nog een keer uit wat er was gebeurd op de dag van de begrafenis. "En nu denkt mijn hele familie dus dat ik aan die Alpentocht wil meedoen voor mijn opa."

Ruben haalde zijn schouders op. "Ja? Nou en?"

"Nou, ik vind het wel leuk om mee te doen, maar ik had eigenlijk helemaal niet zo'n band met mijn opa. Niet zo-als jij met jouw opa."

"Maar dat hoeft toch ook niet? Je gaat die berg toch niet op met je opa?"

Nee, daar had Ruben misschien wel gelijk in. "Maar ie-dereen neemt nu wel aan dat we heel goed waren met elkaar, mijn opa en ik."

"Ja? Nou en? Ik zie het probleem niet zo, hoor. Je moe-der gaat op zoek naar sponsors?"

"Dat geloof ik wel, ja."

"Jij hoeft alleen maar te fietsen?"

Jisse knikte.

"En het lijkt je toch kicken om daar die berg op te fiet-sen?"

Ja, dat leek hem nog steeds zwaar gaaf.

"Volgens mij doe je niks fout, man. Je grijpt gewoon een kans die langskomt, meer niet."

Ja, zo kon je er ook naar kijken.

Ruben nam de fiets over. "En nou ga ik een blokkie om. Zo terug."

's Avonds zat Manuel op de chat.

Jisse: Nou, ze meenden het wel, hoor.
Manuel: Wat? Wie?
Jisse: Jouw moeder + mijn moeder. Over de Alpe d'HuZes. Vandaag een nieuwe racefiets gekregen.
Manuel: Je had toch al een racefiets?
Jisse: Ja, een oude.
Manuel: En nu heb je een nieuwe gekregen? Leuk toch?
Jisse: Weet niet.
Manuel: Huh? *No comprendo*.
Jisse: Ze verwachten dus echt dat ik 'm ga fietsen.
Manuel: In je eentje?
Jisse: Natuurlijk niet. Met mijn vader. Wat moet ik nou doen?
Manuel: Fietsen?
Jisse: Het voelt alsof ik iets heel erg fout doe.
Manuel: Hier biechten we als we iets fout hebben gedaan.
Jisse: In de kerk, bedoel je?
Manuel: *Sí*.
Jisse: En dan?
Manuel: Bidden we het *Padre nuestra* of een paar

43

Avé Maria's.

Jisse: Ik geloof niet dat wij dat hebben in onze kerk.

Manuel: Balen.

Jisse: Maar doe ik eigenlijk echt iets fout? Wat vind jij?

Manuel: *No sé.*

No sé. Manuel wist het ook niet. Balen.

Een sms'je

An een picknicktafel eten Jisse en zijn vader de boterhammen die ze die ochtend hebben gesmeerd.
"Zo dadelijk even een stukje lopen, hoor. Je oude vader heeft last van stijve gewrichten."
Een bliepje.
Zijn vader haalt zijn telefoon uit zijn broekzak. "Hé, een sms'je van je moeder."
In zijn voorhoofd verschijnen een paar dikke rimpels en na een paar tellen lacht hij een brede lach. "Ha, dat is leuk! Moet je horen. 'Hoi Rob. Er komt een team van het Jeugdjournaal naar de Alpe d'HuZes. Mogen ze Jisse interviewen?' Nou, dat is grappig, zeg. Je wordt nog een beroemdheid zo."
Alsof er een enorme klont ijs in zijn borstkas landt. Nee, niet het Jeugdjournaal, nee, niet nog een interview!
Zijn vader tikt een berichtje.
Zoef!
"Wat heb je geantwoord?" vraagt Jisse.
"Dat ze mijn mobiele nummer maar moet geven."

"En actie!"

Het was op een woensdag, nog voor de herfstvakantie. Opeens zat er een kale man met een Donald Duck-T-shirt aan de keukentafel. Hij gaf Jisse een hand en legde uit dat hij voor de plaatselijke televisie een filmpje over hem ging maken.

"Ik had toch verteld dat hij zou komen?" zei zijn moeder, maar daar kon Jisse zich niks van herinneren.

"Mag ik jou zo ook even interviewen?" vroeg de man.
Jisse schudde zijn hoofd.

Zijn moeder begon zenuwachtig te lachen. "Hij is een beetje verlegen."

De man keek teleurgesteld. "Hè, ik had er eigenlijk op gerekend dat ik jou sprekend op beeld zou krijgen. Nou weet ik niet of..."

"Anders stelt u de vragen toch gewoon aan mij?" probeerde zijn moeder. "En dan filmt u Jisse terwijl hij op de fiets zit."

En tegen Jisse: "Dat vind je toch wel goed, schat, dat die meneer je filmt terwijl je fietst?"

Jisse knikte. Zolang hij maar geen antwoord hoefde te geven op lastige vragen.

De man nam de camera op zijn schouder. "Als eerste mag u uitleggen wat er gaat gebeuren. U begint gewoon als ik een teken geef."

De man drukte een knopje in en knikte. Zijn moeder lachte een verkrampte glimlach, maar zei niks.

"Dat was het teken," zei de man. "Geeft niks. Doen we opnieuw. En actie!"

Weer een knikje.

"O, juist ja. In juni is er zo'n tocht. Een fietstocht. Ja. Op de fiets dus. En Jisse doet mee. Onze Jisse. Op de fiets. Ja. Maar dat is wel logisch, want het is een fietstocht. Haha. Alhoewel... er zijn ook mensen die de Alpe d'Huez op lópen, hè. Wist je dat al, Jisse? En ik heb ook weleens over een jongen gehoord die met een skelter de berg op ging. Maar Jisse gaat dus fietsen. Jissebisse."

Jissebisse?

De man wreef over zijn voorhoofd. "Oké, oké, stop maar even."

Jisses moeder stond op. "Dat ging niet zoals het moest, hè. Opeens dacht ik: zit mijn haar wel goed? En toen was ik afgeleid. Ik ga even naar de badkamer. Zo terug."

"Zal ik anders de tekst even voorzeggen?" vroeg de man toen ze terugkwam. "Dat is misschien makkelijker?"

"Ja, ja, dat is goed." Ze had haar lippen opnieuw gestift.

"In juni wordt in Frankrijk de Alpe d'HuZes gehouden, een wielerevenement waarmee geld wordt ingezameld voor kankeronderzoek. Een van de deelnemers is mijn zoon, Jisse Kooijman."

"O, dat is wel een lange tekst, zeg," zuchtte zijn moeder. "Ik weet niet of ik dat net zo vloeiend uit mijn mond krijg als u. U bent een echte professional, hè. Dat kun je wel horen. Heeft u geen autocue? Zo heet dat toch, waar je de tekst vanaf kunt lezen? Een autocue?"

Nu zuchtte de man ook. "We beginnen wel met de vragen."

De man drukte de knop op de camera weer in en knikte. "Waarom gaat Jisse meedoen aan de Alpe d'HuZes?"

"Omdat zijn opa is overleden aan kanker," antwoordde zijn moeder. "Nog niet zo lang geleden. Nou, en toen kwam Jisse zelf met het voorstel. Op de dag van de begrafenis was er iets over de Alpe d'HuZes op televisie – vandaar."

"Hoe was de band van Jisse met zijn opa?"

Dat was de vraag waarvoor hij bang was geweest – wat zou zijn moeder zeggen?

"De opa van Jisse was geen man van veel woorden, maar hij was wel vaak voor zijn kleinkinderen bezig. Hij repareerde Jisses racefiets altijd als er iets kapot aan was."

"En hij stierf aan?"

"Aan kanker. Longkanker. Hij kreeg een longontsteking waar hij maar niet van opknapte en toen bleek het dus kwaadaardig te zijn."

"En gaat Jisse alleen fietsen?"

"Nee hoor, zijn vader gaat met hem mee."

"En hoeveel sponsorgeld hopen jullie bij elkaar te brengen?"

"We hopen op drieduizend euro. Jisse en zijn vader

hebben allebei hun eigen pagina op de site van de Alpe d'HuZes. Kunt u de naam van die site onder in het beeld laten zien, in zo'n balkje?"

Drieduizend euro? Halló zeg, wat een enorm bedrag! Zo veel geld had Jisse niet eens op zijn bankrekening. Zou het echt lukken dat bedrag bij elkaar te fietsen?

En toen was het interview voorbij en moest Jisse zijn nieuwe racefiets uit de schuur halen.

Ze begonnen voor het huis.

"Ja, kom maar deze kant op, en niet recht in de camera kijken, hè."

Maar dat was nog best lastig.

"En nu nog een keer, maar dan dus níet in de camera kijken."

Nu hield hij zijn blik strak op het wegdek gericht.

"Goed zo, en nu doen we hetzelfde, maar dan een stukje verderop."

"O, nou, dan ga ik alvast de aardappelen schillen, hoor," zei zijn moeder, waarna ze de man een hand gaf en in huis verdween.

"Nog één keer," zei de man.

Maar daar klopte niks van, want daarna zei hij: "En nu wil ik je nog filmen terwijl je wegfietst. Dit wordt echt de laatste *take*."

Maar toen kwam er een groepje langs dat allemaal rare dingen riep.

"Fijn, die *take* kan ik helemaal weggooien."

Dus draaide Jisse om en fietste hij nog een keer langs de camera, zonder erin te kijken. Nu hij dat een paar keer had gedaan, was het niet zo moeilijk meer.

"Ja, zo is-ie mooi. Dank je wel."

En toen was het klaar en mocht Jisse zijn fiets eindelijk weer in de schuur zetten.

Dropjes

"Nog een spelletje?"
De vader van Jisse humt.
"Oké, dan begin ik weer," zegt Jisse. "Afsprong."
"Had je die de vorige keer ook al niet gezegd?"
"Dat was aftráp. Nu is het afspróng."
"O ja, da's waar ook," zegt zijn vader. "Blessure."
"Corner." Jisse heeft een hele tijd over een c-woord na-
gedacht.
Nadat ze het alfabet drie keer af zijn gegaan, zegt Jisse
dat hij ermee wil stoppen.
"Prima," reageert zijn vader.
"Ik heb zin in wat lekkers," zegt Jisse. "Heb je niet iets
lekkers bij je?"
Zijn vader kijkt even opzij. "Zoals wat?"
"Weet ik veel? Dropjes misschien?"
"In het dashboardkastje."
Jisse doet het kastje open, pakt een handvol dropjes en
stopt ze allemaal tegelijk in zijn mond.
Wat duurt zo'n rit toch lang. Als ze op vakantie gaan, zit-
ten ze soms ook wel een hele dag in de auto, maar dan is
Tinka er tenminste nog om een beetje te pesten.
"Is het nog ver?"
"Niet met een volle mond praten," zegt zijn vader. "Nog
vijfhonderd kilometer, ruim."

"Waarom?"

J isse zag het zodra hij de klas in stapte: juf Fabien had zíjn vraag op het digibord gezet.

HEEFT HET ZIN TE VECHTEN TEGEN DE DOOD?

Hij had die vraag niet moeten opschrijven; hij wilde er zelf niet eens over praten. Achteraf had hij wel tien andere vragen verzonnen, maar tijdens die eerste filosofieles was er maar eentje door zijn hoofd geschoten. Hij had het briefje gewoon niet moeten inleveren, maar ook dat had hij pas achteraf bedacht. Stom, stom, stom.

Owen zei natuurlijk weer als eerste wat. Het had volgens hem helemaal geen zin te vechten tegen de dood omdat iedereen toch een keer doodging.

Janet was het niet met hem eens. Haar oom had een jaar geleden een nieuw hart gekregen, een donorhart.

Owen riep dat haar oom uiteindelijk toch zou doodgaan.

"Ja, maar nu hebben mijn neefjes hun vader nog, en anders was dat niet zo geweest. Misschien leeft hij nog wel twintig of dertig jaar."

Willeke zei dat Jezus ook tegen de dood gevochten had. "Maar best op een gekke manier, door zelf dood te gaan."

Faisal begon over wetenschappers die onderzoek doen

om beter te begrijpen wat er gebeurt in een lichaam dat ziek wordt. "Soms lukt het ze bepaalde ziektes te stoppen."

Jisse hield zijn lippen stijf op elkaar. Af en toe keek hij opzij, naar Babette. Zij zei ook niks.

Na een tijdje vroeg juf Fabien wie de vraag verzonnen had. Langzaam stak Jisse zijn vinger omhoog.

De juf keek naar het naambordje op zijn tafeltje. "Jisse? Kun je vertellen waaróm je deze vraag hebt opgeschreven?"

Hij haalde diep adem en toen vertelde hij dat hij ging meefietsen in de Alpe d'HuZes. "Om geld in te zamelen voor kankeronderzoek."

Bam! Nu wist iedereen het. Hij moest alleen nog even uitleggen wat het was, de Alpe d'HuZes, maar dat was wel logisch.

Nadat de bel voor de lunchpauze was gegaan, kwam Babette bij zijn tafeltje staan. Ze hield haar blik strak op zijn etui gericht en zei dat haar oma ziek was. "Ik vind het heel goed dat jij geld gaat inzamelen. Wie weet vinden die wetenschappers nog wel iets waardoor mijn oma beter kan worden."

Jisse zei dat hij het hoopte. "Voor jou en voor je oma." Babette had iets tegen hem gezegd! Babette! Tegen hém! En het zou nóg mooier worden, want 's middags kwam ze wéér naar hem toe, in het fietsenhok. Ze zei: "Ik heb erover nagedacht. Misschien kunnen we je als klas

53

sponsoren. Dan moeten we iets van een actie verzinnen. Zal ik vragen of de meester dat goedvindt?"

Een halfuur later was er al een plan. *Scoren voor Jisse* ging de actie heten. Iedereen die een sport beoefende en wedstrijden speelde, zou op zoek gaan naar sponsors die tot het eind van het wedstrijdseizoen geld wilden geven voor elk gescoord punt.

De volgende ochtend mochten ze in sportkleren op school komen en maakte de meester een klassenfoto. Bijna iedereen deed wel aan een of andere sport, maar niet bij alle sporten kon je punten scoren. Alleen Jeffrey en Emma deden helemaal niks sporterigs; zij gingen gewoon in een joggingbroek en een T-shirt op de foto.

Babette had al een formulier gemaakt waarop sponsors behalve hun naam ook een bedrag per punt konden opschrijven. Achter op het formulier kon je per wedstrijd invullen wat de eindstand was. Op de deur van de klas had de meester een papieren thermometer gehangen waarop ze konden bijhouden hoeveel sponsorgeld de actie opleverde. Pepijns vader ging speciaal voor de actie een website bouwen.

Voortaan wisselden ze op maandag uit hoe de wedstrijden in het weekend waren verlopen.

"Vroeger wilden we alleen maar winnen," zei Faisal. "Maar nu willen we vooral veel doelpunten scoren, voor jou."

En volgens Judith was haar team véél beter gaan hockeyen sinds het begin van de sponsoractie.

Het was eigenlijk wel fijn dat hij het verteld had. En wat ook meeviel: niemand in de klas begon over zijn opa.

Samen

"Ik vond het leuk dat we elk weekend gingen fietsen," zegt Jisse.

Zijn vader knikt.

"Vroeger gingen we ook weleens samen fietsen, maar lang niet zo vaak, misschien maar een keer per maand," zegt Jisse.

"Soms had ik het gewoon te druk," zegt zijn vader. "Of het was hondenweer."

"Maar het afgelopen jaar had je het nooit te druk."

"Ik maakte er tijd voor vrij."

"En als het regende, gingen we toch fietsen," zegt Jisse. "Alleen toen het glad was van de winter niet, maar toen gingen we naar het zwembad, baantjes trekken."

"We moesten wel," zegt zijn vader. "We hadden een doel, we moesten onze conditie opbouwen."

"Ik vond het gezellig," zegt Jisse.

Even blijft het stil. Dan zegt zijn vader: "Ik ook, Jisse, ik ook."

"Tinka was jaloers."

Zijn vader lacht. "Tja. Ze mócht mee."

"Maar na die ene keer heeft ze dat nooit meer gedaan," zegt Jisse.

"Nee," zegt zijn vader.

"Ze kon ons niet bijhouden."

Zijn vader lacht. Dan vertelt hij dat hij af en toe wedstrijden reed toen hij jonger was. "Toen trainde ik ook elke week."

"Waarom rijd je nu geen wedstrijden meer?"

Voor hen beginnen ineens allemaal rode achterlichten te branden. Zijn vader remt af.

"File," zegt Jisse.

"Maar geen lange," zegt zijn vader. "Kijk maar, verderop rijden de auto's alweer door."

"Maar waarom doe je nu geen wedstrijden meer?" vraagt Jisse nog een keer.

"Omdat ik het altijd druk heb, Jisse," zucht zijn vader. "Druk op het werk en thuis zit ik ook niet op de bank uit mijn neus te eten, hè. Dat heb je nou eenmaal als je ouder wordt; dan krijg je allemaal verantwoordelijkheden."

57

"Ik zou het wel fijn vinden elk weekeinde samen te blijven fietsen," zegt Jisse.

Zijn vader kijkt even opzij. "Nou, dan ga ik daar toch mijn best voor doen?"

"Je kunt weer rijden, hoor."

"Wil jij achter het stuur?" lacht zijn vader. "Want dan wisselen we wel even van plek."

"Over een paar jaar, oké?" zegt Jisse.

"Goed plan," zegt zijn vader met een knipoog. "Tegen die tijd mag jij ook de fietsen op het dak hijsen."

"De sféér!"

Het liefst had zijn moeder gezien dat hij was mee-
gegaan, naar de voorbereidingsdag voor de Alpe
d'HuZes. Maar Jisse had op de site het programma be-
keken en écht niet dat hij zijn vrije zaterdag daaraan zou
opofferen. Aan het idee dat hij de Alpe d'HuZes ging
fietsen, was hij intussen gewend geraakt. Hij vond het
prima twee en soms drie keer in de week op de racefiets
te stappen, hij ging zich binnenstebuiten laten keren
door een sportarts en hij protesteerde zelfs niet wanneer
hij twintig keer heen en weer werd gestuurd door een
man met Donald Duck op zijn T-shirt. Maar om nu in
het weekend vrijwillig in een klasje te gaan zitten... Néé!
Er waren grenzen. Hij ging 's zondags al naar de kerk;
dat was meer dan genoeg.

"Je hóéft niet naar zo'n inspiratiesessie te gaan," drong
zijn moeder aan. "Kijk maar, je kunt op dat tijdstip ook
een workshop over het sportmedisch onderzoek bijwo-
nen. Dan weet je alvast een beetje hoe dat gaat, zo'n onderzoek."

"Maak maar gewoon een afspraak. Ik hoef dat echt niet
van tevoren te weten."

Dus vertrokken zijn vader en moeder op een zaterdag
begin december met z'n tweetjes naar de voorbereid-
dingsdag voor de Alpe d'HuZes. Jisse ging bij Ruben

hangen, oma zou Tinka naar de manege brengen.

Pas laat in de middag waren ze terug, zijn ouders, met twee nieuwe wielertenues: een voor hem en een voor zijn vader.

"Nou, het was wel érg druk," pufte zijn vader.

"Hóe druk?" vroeg Jisse.

"Ongeveer drieduizend bezoekers," zei zijn moeder. "Volgens die man van de organisatie tenminste."

"En heb ik echt iets gemist?" vroeg Jisse.

Zijn vader en moeder keken elkaar even aan en zeiden toen tegelijk "Neuh" (zijn vader) en "Echt wel!" (zijn moeder).

"Natúúrlijk heeft hij wel wat gemist!" riep zijn moeder. "De sféér!"

"O ja, de sfeer," zei zijn vader weinig overtuigend na een por van zijn moeder.

"En weet je hoe ze dat noemen als je meedoet voor iemand die kanker heeft of is overleden aan kanker?" vroeg zijn moeder met zo'n blik in haar ogen die zei: vraag het me, vraag het me, toe nou, kom op nou, ik wil het zo graag vertellen.

"Nou?" zuchtte Jisse.

"Dan heb je iemand op je bagagedrager!" zei ze terwijl ze fanatiek knikte. "Dus jij hebt opa op je bagagedrager!"

Opa op zijn bagagedrager? Een racefiets hééft niet eens een bagagedrager.

De volgende keer dat hij op de fiets stapte, zou hij in de bochten wel even extra schuin gaan hangen. O sorry opa, gleed u zomaar van mijn bagagedrager af? Wat vervelend, zeg, nu moet u gaan lopen. Nou, doeg!
Stom gedoe.
Opa op zijn bagagedrager. De gróeten!

Eigen schuld

Ze hoeven nog maar honderd kilometer te rijden en er heeft nog niemand van het Jeugdjournaal gebeld. Mooi zo. Hij heeft er echt geen zin in, in nog zo'n interview. Waarom vráágt niemand hem ook iets? Zo'n moeite is dat toch niet? "Zeg Jisse, het Jeugdjournaal heeft gebeld, heb je zin om voor heel Nederland voor schut te staan?" Nee, natuurlijk heeft hij daar geen zin in. Pleur op! Hij kan zich precies voorstellen hoe dat interview zal gaan.

Jisse naast zijn fiets, een microfoon onder zijn neus.
"Ben je er klaar voor?" vraagt de verslaggever.
De cameraman steekt twee vingers in de lucht. "En actie!"
"Jij doet mee aan de Alpe d'HuZes. Waarom?"
"Omdat ik graag fiets."
"Maar dat kun je toch ook in Nederland doen, fietsen?"
"Dat kan, ja,"
"Waarom doe je het dan hier?"
"Omdat hier bergen zijn."
"Maar hoe zit het met je opa?"
"O ja, we zamelen geld in voor kankeronderzoek."
"En je opa is..."
"Mijn opa is dood."

"Dat bedoel ik niet. Ik wou zeggen: je opa is gestorven aan kanker, toch?"

"Eh... ja, vorig jaar."

"Dat is wel naar, zeg."

"Valt wel mee, hoor, hij was al oud."

"Maar je mist hem wel, toch?"

"Nou, nee, hij zat eigenlijk altijd in zijn schuur – en hij was ook niet echt aardig."

"Waar is je opa aan gestorven?"

"Aan longkanker."

"Zoiets blijft erg, ook als je iemand niet zo aardig vindt, toch?"

"Nou, eigenlijk was het zijn eigen schuld, want hij rookte, en niet zo weinig ook. Volgens mij wel een pakje per dag."

Hij wil het niet, een interview geven. Echt niet. Omdat hij niet wil liegen en ook de waarheid niet kan vertellen. En vooral omdat hij niet allemaal stomme dingen wil roepen terwijl heel Nederland naar hem zit te kijken.

"Koekjes!"

R uben en Jisse waren als eersten in de klas. Op het bureau van de meester stond een schaal met koekjes. Ze keken elkaar aan. Zou iemand het merken als ze er allebei eentje pakten? Ruben stak zijn hand al uit.

"Niet doen!" fluisterde Jisse. "Dat is niet eerlijk."

"Nou en?" zei Ruben.

"Misschien zijn het er net genoeg," zei Jisse.

En toen luisterde Ruben gelukkig wel.

Precies op tijd zaten ze op hun stoelen. Owen kwam binnen, wierp een blik op het bureau van de meester en brulde: "Kóekjes! Ik ben dol op koekjes!"

"Ben je jarig?" vroeg Marijn toen juf Fabien het lokaal in kwam.

De juf schudde lachend haar hoofd en wachtte tot het bijna stil was. Toen vroeg ze: "Wie van jullie heeft overwogen een koekje te pikken?"

Opeens was het écht stil in de klas.

Jisse keek naar Ruben. Zou ze het hebben gezien? Maar hoe dan? Stond ze misschien al op de gang? Hij schudde nog heel kort zijn hoofd, maar Rubens vinger ging al de lucht in. Het liefst had Jisse zich onder zijn tafeltje verstopt.

"Ruben?" zei juf Fabien.

"Ik was als eerste binnen en toen zag ik ze, de koekjes."
Een knikje van de juf. "En toen? Heb je een koekje ge-
pakt?"
Ruben schudde zijn hoofd.
"En waarom niet?"
"Omdat er dan misschien niet meer genoeg was voor
iedereen."
"Maar je wilde het wel?"
Ruben knikte.
Gelukkig, over hem hield Ruben zijn mond.
"Oké, we gaan het straks nog even over de koekjes
hebben, maar eerst moesten we ze maar eens lekker
opeten," zei juf Fabien. "Iedereen mag er eentje pak-
ken."
Onder tafel gaf Ruben Jisse een stomp tegen zijn been.
Terwijl de schaal rondging, tikte juf Fabien wat op de
computer. Op het digibord verscheen een vraag.

ZOU JE VRIENDEN WILLEN ZIJN MET DE COOLSTE
VAN DE KLAS?

Owen stond op, sloeg zichzelf op de borst en riep met
volle mond dat híj natuurlijk de coolste van de klas was.
"Maar nu even serieus," zei juf Fabien toen iedereen was
uitgelachen.
"Ja, ik zou dat wel willen," zei Judith.
"Volgens mij zou iedereen dat wel willen," zei Jisse.

Op het digibord verscheen een volgende vraag.

OOK ALS HIJ STEELT VAN OUDE VROUWTJES?

Hier en daar klonk gelach. Nick riep dat Owen oude vrouwtjes beroofde. Owen schreeuwde terug dat Nick zijn kop moest houden.

"Nou, nou..." suste juf Fabien. En daarna vroeg ze: "Nou?"

Sommigen wisten direct dat ze dan geen vriendschap met hem zouden willen sluiten, een paar jongens haalden hun schouders op. Misschien wel, lag eraan, ze wisten het niet zeker.

Gillian zette de schaal weer op het bureau van de meester. Er hadden inderdaad precies genoeg koekjes op gelegen, zag Jisse; de schaal was leeg.

"Nou wil die coole gast ook vrienden worden met jou," ging juf Fabien verder. "Op één voorwaarde: je haar moet eraf. Wat doe je? Laat je je hoofd kaal scheren?"

"Echt niet!" zei Babette meteen, wat wel logisch was omdat ze zulk mooi haar had.

Natan zei dat hij het wel zou doen, maar Natans moeder millimeterde zijn haar toch al een paar keer per jaar, dus erg veel extra zou er niet eens af hoeven.

Faisal wist het niet. "Je loopt wel even zwaar voor schut, maar dat haar groeit weer aan en je krijgt er een vriend voor terug."

Willeke vroeg zich af of iemand die zulke eisen stelde eigenlijk wel een goede vriend kon zijn.

"En wat doe je nou als hij samen met jou het meest verlegen meisje van de klas wil pesten?" vroeg juf Fabien.

Nee, vond Jisse, zoiets dóe je niet.

Nee, vond de rest ook, dan maar geen vrienden.

"Iemand die echt cool is, pest zijn klasgenoten niet," zei Kim.

"Dit soort vragen zijn niet zomaar vragen," zei de juf. "We noemen ze dilemma's. Bij een dilemma moet je een keuze maken."

"Bijvoorbeeld of je pindakaas op je brood doet of hagelslag?" vroeg Gillian.

De juf, lachend: "Nou, meestal zijn de keuzes bij dilemma's wat lastiger. Je kunt altijd je boterham in tweeën snijden, toch? Het is heel leuk om vrienden te zijn met de coolste van de klas, maar als je daarvoor vervelende dingen moet doen, is zo'n vriendschap opeens niet meer zo mooi. En dan sta je dus voor een lastige keuze: zet je die vriendschap uit je hoofd of neem je de nare kanten van de vriendschap voor lief?"

Op het digibord verscheen een nieuwe vraag.

WIE WAS ER BANG ZIJN MENING TE GEVEN?

In de klas klonk geroezemoes.

"Je hoeft er niks over te zeggen, maar ik zou wel vingers

willen zien," zei de juf. "Wie van jullie was er bij een of meer stellingen bang zijn mening te geven?"

Eerst gebeurde er helemaal niks, maar na een tijdje stak Indira haar vinger omhoog. En daarna deden Carleen en Joëlle het ook. Een vierde vinger ging de lucht in, een vijfde, een zesde, een zevende... Uiteindelijk waren er een stuk of twaalf vingers.

"Dank jullie wel. Laat allemaal de vingers maar weer zakken. Dat was ook een dilemma, hè. Wat doe je? Ben je eerlijk en geef je toe dat je bang was, met het risico dat je klasgenoten je misschien wel raar vinden of uitlachen? Of durf je er zelfs niet voor uit te komen dat je bang was om je mening te geven, maar dat voelt dan wel een beetje oneerlijk, toch? Ik heb nog een laatste vraag voor jullie."

WAT IS BETER: EERLIJK ZIJN OF GENIETEN?

"Als je eerlijk bent, kies je een beetje voor de anderen," zei Carleen. "En als je oneerlijk bent, kies je vooral voor jezelf."

"Zoals met de koekjes!" riep Ruben. "Als ik stiekem een koekje had gepakt, had ik voor mezelf gekozen en dan was er één koekje te weinig geweest."

Kim: "Ik kan het niet eens: genieten als ik niet eerlijk ben."

Faisal: "Ja, want dan moet je het koekje heel snel opeten,

omdat je bang bent dat er iemand aankomt."

Kim: "Maar ook omdat ik dan toch wil vertellen wat ik heb gedaan, maar dan ben ik bang dat ik straf krijg of dat er iemand boos op me wordt en daar kan ik niet goed tegen. Eerlijk zijn is beter dan genieten."

Op de camping

"Jisse? Ben je wakker?"

"Bijna."

"Heb je goed geslapen?"

"Hmm..."

"Is even wennen, hè, in zo'n tent."

"..."

"Ik ben water aan het koken. Wil jij ook een kop thee?"

"Is goed."

"Kom je er dan uit?"

"Ja, zo."

"Want we moeten ons nog melden bij de organisatie."

"..."

"Dan krijgen we de stuurbordjes met onze nummers erop en de chips waarmee onze tijden worden vastgelegd."

"..."

"Als we vroeg gaan, heb je kans dat de rij nog niet zo lang is."

"Ja-ah, ik kom zo, zeg ik toch!"

"Doe open!"

Na de filosofieles fietste Babette een stukje met Jisse op naar huis. "Wat vind jij..." begon hij, "ben je eerlijk als je niet alles zegt?"

"Ligt eraan wat het is dat je niet zegt," vond Babette. "Ik denk dat je het zelf altijd wel weet als je iets achterhoudt wat je eigenlijk moet zeggen."

"Maar hoe weet je dat dan?" vroeg Jisse.

"Nou, dat wéét je gewoon," zei Babette. "Dat vóél je. Alsof er de hele tijd een mannetje aanklopt in je hoofd, een mannetje dat roept: 'Luister naar mij, doe open, luister nou toch naar mij.' En je wilt wel dat hij weggaat en je roept dat hij moet weggaan, maar hij luistert niet naar je. En je weet: als je de deur opendoet, staat hij direct bij je binnen. Je komt gewoon niet van hem af. Totdat je naar hem luistert."

Verrassing!

Met de auto rijden ze de Alpe d'Huez op. De fietsen staan niet meer op het dak; die heeft zijn vader bij de tent gezet.

"Morgen leggen we deze afstand op de fiets af, hè," zegt zijn vader.

Boven op de berg eten ze in een grote tent hun ontbijt. In een andere grote tent schrijven ze zich in. Het is er druk; ze moeten lang in de rij staan. "Had je toch eerder moeten opstaan," moppert zijn vader.

Wanneer ze eindelijk hun stuurbordjes en chips hebben, gaan ze terug naar de camping. Langzaam rijdt zijn vader het terrein over. Van verre ziet Jisse al dat er een paar mensen bij hun tent staan. Ze hebben een spandoek bij zich.

Als ze dichterbij komen dringt het tot hem door wie het zijn: oom Alfonso, tante Lisa en Manuel. Tante Lisa houdt de ene stok van het spandoek beet, Manuel de andere. Nu kan hij ook lezen wat er op het doek staat: Jisse & Rob, jullie zijn top!

Wanneer ze uitstappen, begint tante Lisa opeens te springen en te gillen. "*Ahi están! Daar zijn ze!*"

Oom Alfonso spreidt zijn armen: "*Mi sobrino favorito.*"

Jisse kijkt opzij, naar zijn vader. Wist hij dat ze zouden komen? Waarom heeft hij niks gezegd? Maar aan het gezicht van zijn vader te zien is dit voor hem ook een verrassing. "Wat komen júllie hier nu doen?" vraagt hij.

"Jullie aanmoedigen natuurlijk!" zegt tante Lisa.

"Maar Barcelona ligt heel ver hiervandaan," zegt zijn vader.

"Valt wel mee," lacht tante Lisa. "Nog geen acht uur hebben we erover gedaan. En kijk eens..."

Ze geeft haar spandoekstok aan oom Alfonso en trekt haar T-shirt strak. Op het shirt staat een foto van opa. Het is de foto die op de dag van de begrafenis bij het schriftje stond waarin iedereen zijn naam kon zetten. Opa voor zijn schuurtje. Opa die hem aankijkt. Tante Lisa heeft een blik in haar ogen die zegt: reageer nou, toe nou, kom op nou, zeg dat je het een leuk shirt vindt. Maar Jisse reageert niet. Hij weet niet wat hij moet zeggen. De rillingen krijgt hij van opa op de buik van tante Lisa. Alsof opa dwars door hem heen kan kijken. Alsof hij zijn gedachten kan lezen. Alsof hij zegt: "Je kunt iedereen hier voor de gek houden, maar mij niet. Ik wéét hoe jij in elkaar steekt. Ik wéét dat je hier alleen voor jezelf bent. Naar kind dat je bent! Niet eens huilen als ik doodga, hè. En mij dan ook nog eens van je bagagedrager kieperen – ben jij nou helemaal mesjogge?"

Vanuit de broekzak van Jisses vader klinkt een riedeltje. "Hallo? Ja, ja, we staan op de camping. Nou, vroeg. Héél vroeg. Ik denk dat we morgenochtend al om vijf uur op de fiets zitten. Ja, ik neem mijn telefoon mee. Is prima. Tot dan."

Jisses vader verbreekt de verbinding en laat de telefoon weer in zijn broekzak glijden. "Dat was het Jeugdjournaal," zegt hij.

"Het Jeugdjournaal?" roept tante Lisa uit. En dan tegen Jisse: "Gaan ze jou filmen morgen? Ja, echt? Maar dat is gááf, zeg."

Nou, nee, dat is helemaal niet gaaf. Opeens voelt Jisse tranen prikken. Waarom zijn ze ook zomaar helemaal uit Spanje hiernaartoe gereisd zonder iets te zeggen? En nog wel met zo'n overdreven spandoek en zo'n stom T-shirt.

Jisse steekt zijn handen in zijn broekzakken en kijkt naar de grond. Hé, wat voelt hij daar? Een sleuteltje. Het sleuteltje van zijn hangslot.

Voordat iemand doorheeft wat er gebeurt, zit hij op zijn fiets en rijdt hij weg.

"Hé, waar gaat Jisse nou heen?" hoort hij tante Lisa nog zeggen.

"Jisse!" Zijn vader.

"Wacht op mij!" Manuel.

Het campingterrein af, bij de slagboom rechtsaf, richting het plaatsje Bourg d'Oisans, bij de rotonde rechtdoor.

Ze mogen het allemaal lekker zelf uitzoeken. Hij zit op de fiets en hij hoeft nergens aan te denken, hij hoeft alleen maar de pedalen zo hard mogelijk rond te laten gaan.

Rond te laten gaan.

Rond te laten gaan.

Zo hard hij kan.

En nergens aan te denken. Ook niet aan dat stomme interview van morgen.

En hij hoeft naar niemand te luisteren.

Hij hoeft alleen maar te trappen.

Zijn benen rond en rond te laten gaan.

Rond en rond.

Zo hard mogelijk.

En niet te huilen.

Vooral niet te huilen.

"Hoezo?"

Hij ging een rondje doen, riep hij naar boven, naar zijn moeder die daar aan het rommelen was. Op de fiets hoefde hij tenminste nergens aan te denken. Op de fiets hoefde hij alleen maar de pedalen zo hard mogelijk rond te laten gaan.

Rond te laten gaan.

Rond te laten gaan.

Zo hard hij kon.

En verder nergens aan te denken. Ook niet aan de filosofieles van die dag en aan wat Carleen in die les had gezegd.

Of aan het mannetje van Babette, het mannetje dat maar blijft aankloppen in je hoofd.

En niks te voelen.

Ook niet dat knagende schuldgevoel.

En nergens naar te luisteren.

Naar niemand te luisteren.

Dus ook niet naar dat vervelende stemmetje in zijn hoofd dat maar bleef roepen dat hij een bedrieger was.

"Hoezo een bedrieger?" zei hij hardop. "Ik heb toch niet gelogen?"

Een dilemma. Hij had het hele jaar geworsteld met een dilemma. Ging hij mee met het gedoe van de Alpe d'HuZes, dan voelde hij dat er iets niet klopte, dat hij helemaal niet ter nagedachtenis van opa fietste. Was hij eerlijk, dan was er een kans dat de reis naar Frankrijk niet doorging en dat hij zijn nieuwe fiets weer moest inleveren.

Als je eerlijk bent, kies je voor anderen.

Als je oneerlijk bent, kies je vooral voor jezelf.

Carleen had gelijk. Hij wist het. Voor wie ging hij over twee weken de Alpe d'HuZes fietsen? Voor wie had hij zijn moeder al dat sponsorgeld bij elkaar laten harken? Deed hij dat voor oma en tante Lisa en zijn moeder? Deed hij dat ter nagedachtenis van opa?

Nee.

Gaf hij iets om al die mensen die kanker hadden?

Niks.

Hij deed het voor zichzelf.

Voor zichzelf en voor niemand anders.

Omdat hij een nieuwe racefiets kreeg.

Omdat zijn vader dan tijd met hem doorbracht.

Omdat ze lekker samen naar Frankrijk gingen.

Omdat Babette hem nu opeens wel leuk vond.

Je weet het zelf wel als je iets achterhoudt wat je eigenlijk moet zeggen. Dat vóel je.

Stop.

Stop-stop-stop!

Hij hoefde toch nergens aan te denken?

Hij hoefde toch alleen maar te trappen?

Zo hard mogelijk te trappen?

Te trappen?
Te trappen.
Te trappen.
Rond en rond.
Je weet het zelf wel.
Als je oneerlijk bent, kies je vooral voor jezelf.
Hij koos voor zichzelf.
Hij was oneerlijk.
Hij was een bedrieger.
Een bedrieger, een bedrieger.
Fietsen. Fietsen. Alleen maar fietsen.
Zo hard mogelijk.
Harder.
En nóg harder.
Zo hard dat hij niet eens meer kón denken.
Stom dilemma.
Stomme bedrieger.
Stomme oplichter.
Als hij een keer in het buitenland wilde fietsen, kon hij dat toch gewoon aan zijn vader vragen? En dan lekker samen weg zonder dat gedoe eromheen. Geen sponsors, geen interviews, geen familie die van alles van hem verwachtte. Gewoon fietsen en niet meer dan dat.
Nergens aan denken.
Maar ze waren al aangemeld, zijn vader en hij. En er was al iets van vier- of vijfduizend euro sponsorgeld

binnen, en daar zat het geld van de sponsoractie op school nog niet eens bij.

De pedalen rond laten gaan.

Hij kon niet meer terug. Wat zou hij dan moeten zeggen tegen zijn moeder? Tegen oma? Tegen tante Lisa? Tegen al die mensen die zijn vader en hem hadden gesponsord? Wat moest hij dan zeggen tegen Babette?

Rond en rond.

Nee, hij kon niet meer terug. Hij zou zich rot schamen.

Over drie weken was het allemaal voorbij. Hij moest gewoon even door de zure appel heen bijten.

Jisse parkeerde zijn fiets in de schuur en ging naar binnen.

In de berm

Waar is hij nou helemaal mee bezig? Dit heeft geen zin. Alsof hij 'm zomaar achter zich kan laten, de puinhoop die hij zelf heeft gemaakt. Hoe hard hij ook fietst, hoe ver hij ook gaat, hij zal toch een keer terug moeten.

Hij moet terug.

Jisse stapt van zijn fiets, legt hem in de berm en gaat in het gras zitten. Oké, eerst even nadenken. Wat moet hij zeggen als hij terugkomt op de camping? Pap, ik wil naar huis? Of: fiets jij morgen maar in je eentje?

Lastig.

Iedereen zal teleurgesteld zijn.

Met zijn shirt veegt hij zijn wangen droog. Eerst maar eens ophouden met dat stomme gejank.

"Hé *chico*!"

Een bekende stem. Jisse kijkt op. Manuel!

"Wat ben ik blij dat je bent gestopt, zeg. Ik was al bang dat je helemaal naar Spanje door zou fietsen."

Manuel valt bijna om wanneer hij afstapt. Zijn hoofd is rood van de inspanning.

"Hoe kom jij nu aan die fiets?" vraagt Jisse.

Manuel, hijgend: "Geleend van iemand van de camping die zag wat er gebeurde. O *chico*, wat maak je me nou? Ik háát fietsen! Je ging zó snel. Ik kon je echt niet bijhouden."

Manuel legt zijn fiets naast die van Jisse in de berm.

"Ik had al tegen mijn moeder gezegd dat jij het allemaal maar niks zou vinden, dat spandoek en dat T-shirt. Maar ze luisterde niet. Even uitrusten, hoor."

Manuel laat zich achterover in het hoge gras vallen.

Zwijgend kijken ze samen naar de wolken. Na een tijdje vraagt Manuel wat Jisse van plan is.

"Teruggaan."

"Mooi," zegt Manuel. "Ik was al bang dat je nog verder wilde fietsen."

Jisse staat op.

"Maar wat ga je zeggen?" vraagt Manuel.

Jisse schudt zijn hoofd. "Dat zie ik dan wel. Eerst maar eens terug."

"Ik houd van je"

"**M**orgen vertrekken jullie," zei zijn moeder ter-
wijl ze op de rand van zijn bed ging zitten.
Alsof hij het die dag ook maar één moment uit zijn ge-
dachten had kunnen zetten.
"Ik weet het," mompelde Jisse.
"En nog drie nachtjes slapen en dan breekt de grote dag
aan."
Halló! Hij was toch geen kleuter meer die naar zijn ver-
jaardag toe leefde of zo? Hoelang zou ze nog doorgaan?
"Vind je het spannend?"
Jisse haalde zijn schouders op.

"Ik wel, hoor," zei zijn moeder. "Weet je, door jou heeft
het overlijden van opa toch nog een mooi randje gekregen. Je bent een bijzonder kind, en ik houd ontzettend
veel van je. Ga je lekker slapen?"
"Hoe kan ik dat nou weten, of ik lekker ga slapen?" zei
Jisse. "Ik vertel je morgenochtend wel of het is gelukt.
Moet je wel vroeg opstaan, anders zijn we al weg, papa
en ik."
Zijn moeder keek hem een paar tellen niet-begrijpend
aan. Toen begon ze opeens hard te lachen. "Haha, die
moet ik onthouden. 'Hoe kan ik dat nou weten?' Nou,
welterusten dan maar. En wees maar niet bang, hoor, ik
zet de wekker. Ik wil jullie wel uitzwaaien natuurlijk."

Een kus op zijn voorhoofd. Ze stond op, liep de kamer uit en trok de deur achter zich dicht.

De beklimming

"Hoe ver is het nog?" roept Jisse naar voren.
Zijn vader kijkt achterom. "Niet ver meer, je kunt het eindpunt al zien. Houd je het nog een beetje vol?"
Natuurlijk houdt hij het vol. Ze hebben toch niet voor niks een heel jaar lang getraind? "Ik wilde het gewoon weten."
De zon is nog niet eens op, maar het is toch al druk. Langs de weg staan mensen met spandoeken en toeters, erop rijden fietsers, fietsers en nog eens fietsers. Af en toe halen ze een hardloper in. In elke bocht branden kaarsen met namen erop. Tientallen kaarsen, honderden kaarsen. Op het wegdek staan allemaal Nederlandse teksten. *Colaatje? Je bent er bijna! Hou vol!*
Het is nog best koud. Jisse is blij dat hij een extra jack aangetrokken heeft.

"En nou ga je me precies vertellen wat er aan de hand is," had zijn vader een dag eerder geroepen toen Manuel en hij waren teruggekomen op de camping.
"Beloof je dat je niet boos zult worden?"
"Ik? Boos? Waarom zou ik... Oké, oké, ik beloof het."
En toen, terwijl ze samen een rondje over de camping

liepen, had Jisse het er allemaal uit gegooid. Dat het een misverstand was, dat hij het nooit zo had bedoeld, dat hij het fietsen zelf wel leuk vond maar het hele gedoe rond opa niet, dat hij het niet had durven zeggen, een heel jaar lang niet, dat hij helemaal geen interview wilde geven aan het Jeugdjournaal, dat hij het vorige interview eigenlijk ook niet had willen geven, dat hij bang was dat iedereen teleurgesteld zou zijn in hem.

"Maar dat fietsen vind je dus wel leuk?" had zijn vader gevraagd toen Jisse eindelijk uitgepraat was.

Ja, dat fietsen wel, ja.

"Nou, dan gaan we morgen toch gewoon samen de berg op fietsen. Met zo min mogelijk gedoe eromheen. Vind je dat oké?"

Ja, dat vond hij wel oké.

"Maar je gaat tante Lisa zelf maar uitleggen wat er aan de hand is. Ze eet je heus niet op."

Dat ze hem niet zou opeten, wist hij heus wel. Hij was eigenlijk banger dat ze zou gaan huilen of zo. "En het Jeugdjournaal?"

"Nou ja, dat zal ik dan wel afbellen. Dat is eigenlijk mijn fout. Ik had je tenminste kunnen vragen of je mee wilde werken aan dat interview. Gewoon niet aan gedacht. Ik vond het zelf zo leuk."

Bij de tent stond een bezorgde tante Lisa hen op te wachten. Oom Alfonso en Manuel lagen al in het zwembad, zei ze. "Gaat het weer een beetje?"

"Ik bedoelde het helemaal niet zo," zei Jisse meteen. "Dat ik voor opa mee wou doen aan de Alpe d'HuZes. Het leek me gewoon gaaf in de Alpen te fietsen – meer niet."

Tante Lisa zei niks, ze keek hem alleen maar met grote ogen aan. En daarna begon haar onderlip te trillen, en toen kwamen de tranen waarvoor Jisse zo bang was geweest. "Wat? Wat zeg je nou?"

Jisse keek naar zijn vader. Die schudde kort met zijn hoofd. Nee, hij hoefde het niet te herhalen. Tante Lisa had hem heus wel verstaan.

"Ga maar naar het zwembad," fluisterde zijn vader.

Dus pakte hij zijn zwembroek en een handdoek. "Oké, dan ga ik," zei hij.

"Is goed," fluisterde zijn vader.

Toen hij omkeek, zag hij hoe tante Lisa op de schouder van zijn vader stond uit te huilen.

"*Mi sobrino...*" riep oom Alfonso toen hij hem zag aankomen, maar hij kon zijn zin niet afmaken, want Manuel duwde hem onder water.

Toen Jisse na zijn derde bommetje bovenkwam, stond tante Lisa opeens lang de rand van het zwembad. Rode ogen. Ze ging op haar hurken zitten en zei: "Als ik ooit nog eens zo doordraaf, moet je dat gewoon tegen me zeggen, hoor. Afgesproken?"

Jisse knikte.

Ze had haar T-shirt binnenstebuiten gekeerd. Opa was niet meer te zien.

"Het is al goed," zei Jisse.

"Is ze nou verdrietig, denk je?" vroeg hij even later aan Manuel.

Maar Manuel zei dat zijn moeder wel zou bijtrekken. "Dat doet ze altijd."

Zijn vader gaat naast hem rijden en vraagt hoe hij zich voelt.

"Top!" zeg Jisse.

"Denk je dat je straks nóg een keer naar boven kunt fietsen?"

"Makkelijk!" zegt Jisse. "En nog wel een derde keer ook!"

"Weet je wie er ook een bloedhekel had aan gedoe?"

Jisse heeft geen flauw idee. "Nou?"

"Je opa!" Zijn vader begint opeens keihard te lachen.

"Hmm," bromt Jisse en hij gaat op zijn trappers staan.

"Wie het eerst over de finish heen rijdt."

Nu hoeft hij alleen maar de pedalen rond te laten gaan.

Rond te laten gaan.

Rond te laten gaan.

Zo hard hij kan.

Vanuit de verte ziet hij ze staan, bij de finish, tante Lisa, oom Alfonso en Manuel. Zonder spandoek. Tante Lisa klapt in haar handen, Manuel roept keihard zijn naam en oom Alfonso staat klaar met het fototoestel.

Hij hoeft alleen maar te trappen.

Alleen maar zijn vader voor te blijven.

En nergens meer aan te denken.
Nog maar een paar meter.
Alleen maar de pedalen rond te laten gaan.
Rond en rond.
Over de finish heen.

De Alpe d'HuZes

De Alpe d'HuZes is een Nederlandse actie die in Frankrijk wordt gehouden, in de Alpen. Sinds 2006 fietsen daar elk jaar steeds meer Nederlanders een supersteile berg op, de Alpe d'Huez. De meeste deelnemers leggen de bijna veertien kilometer lange weg vaker dan één keer af, sommige gaan zelfs zes keer achter elkaar omhoog – vandaar dat de actie de Alpe d'HuZés is genoemd.

Met de actie gedenken de deelnemers de mensen die aan kanker zijn overleden en hopen zij de mensen die de ziekte hebben een hart onder de riem te steken. En ze halen er ook nog eens geld mee op. Dat geld wordt besteed aan kankeronderzoek. Sommige deelnemers hadden of hebben trouwens zelf kanker.

In 2012 deden meer dan achtduizend mensen mee aan de Alpe d'HuZes, onder wie ongeveer driehonderd kinderen. Met z'n allen haalden ze meer dan 32 miljoen euro op.

Het Jeugdjournaal heeft verschillende keren aandacht besteed aan de Alpe d'HuZes. Hieronder de linkjes naar een paar van die filmpjes:

http://jeugdjournaal.nl/item/245597-jimmy-traint-voor-alpe-dhuzes.html

http://jeugdjournaal.nl/item/380848-alpe-dhuzes-begonnen.html

http://jeugdjournaal.nl/item/381289-grote-dag-voor-alpe-dhuzes.html

Meer informatie over de Alpe d'HuZes kun je vinden op de site van de organisatie: www.opgevenisgeenoptie.nl.

Woordenlijst

Mi sobrino favorito	Mijn favoriete neef
Cumpleaños feliz	Gefeliciteerd met je verjaardag
Chico	Jongen
Una chismosa	Een klikspaan
Muy bien	Heel goed
Buenas noches	Welterusten
No comprendo	Ik begrijp het niet
Sí	Ja
Padre nuestra	Onze Vader
Avé Maria	Wees gegroet, Maria
No sé	Ik weet het niet
Ahi están	Daar zijn ze

Happy birthday (maar dan in het Spaans):

¡Cumpleaños feliz,
cumpleaños feliz,
te deseamos todos (naam).
Cumpleaños feliz!

Met dank aan

Bob Hansen, coördinator Finish van de Alpe d'HuZes

Woenderik de Jong, die in 2009 de Alpe d'HuZes reed

Fabien van der Ham, de échte filosofiejuf (www.filoso-fiejuf.nl)

en Milon, Sem, Aicha, Dymas, Jocelyn, Teun, Robine, Noa, Noortje, Charlotte, Myrthe, Stijn, Jelle, Max, Jort, Vera, Lars, Emy, Roos, Anne, Bas, Gowshe, Ewout, Evy-ta, Edwin, Leonardo, Swetlana en meester Jim van de Wilhelminaschool in Woerden

Over de auteur

Helga Warmels is schrijfster en journa-list. Ze is getrouwd en heeft drie zonen. **Top!** is haar tiende kinderboek.

Winnaar
Het Hoogste Woord
2012

HELGA WARMELS

De boot

Callenbach

Soms lijken wensen te groot om op een verlanglijstje
te zetten. Michiel wil dat zijn ouders stoppen met
ruziemaken. Hij wil ook een nieuwe vriend én een
motorboot. Maar zulke cadeaus passen in geen
enkel pakpapiertje.

ISBN 978 90 266 2063 8

Een verhaal over brandwonden

GEEN GEZICHT

Helga Warmels

Op een verjaardag loopt de 12-jarige Marit zware brandwonden op. Ineens is haar wereld niet veel groter dan haar
ziekenhuiskamer. Stapje voor stapje keert Marit terug naar
het normale leven, om te ontdekken dat de vlammen niet
alleen bij haarzelf hun sporen hebben achtergelaten.

ISBN 978 90 266 0589 5